Ludwig Roman Fleischer

MICHI UND MICHI

Das Buch

Michi und Michi heißen gleich, leben gleich und wohnen gleich. Sie sind aber nicht gleich, denn die eine ist ein Bub und der andere ein Mädchen. Oder war das umgekehrt?

Zwischen Michelgasse, Tirolerland und Christkindwald säubert ein Opapa die Fernseh-Fernbedienung in der Waschmaschine, lernen die Kinder, wie man Schnee, Schneemenschen und Schneetiere macht und warum man als Rehkitz Fliegenpilze essen kann, als Menschenkind aber nicht. Sie retten eine Amsel namens Pocahontas vor zwei Katzen namens Cäsar und Cleopatra, gehen per Wackeltram und Schnaufebus verloren und werden wieder gefunden. Der zerstreute Doktor Hirsch spaziert mit umgeschnalltem Stethoskop auf der Straße herum, steckt einem statt des Fiebermessers seinen Kugelschreiber unter die Achsel und bekritzelt Rezeptzettel mit Weihnachtsengeln und Christbäumen. Als Michi und Michi von der Kindergruppe Kunterbunt an die Volksschule übersiedeln, müssen sie schauen, dass sie die Schreckschraube Ruth Stumm als Lehrerin loswerden. Natürlich wollen sie auch wissen, woher die Kinder kommen, als Michis Mama ein Baby zur Welt bringt. Und was es mit dem Christkind auf sich hat...

Es sind unalltägliche Alltagsgeschichten, die Ludwig R. Fleischer bei seinem späten Debüt als Kinderbuchautor erzählt. Dass unter den unbestechlichen Augen der Kinder die Erwachsenen dabei auch nur Kinder sind, erscheint ganz natürlich.

Der Autor und der Illustrator

Ludwig R. Fleischer wurde 1952 in Wien geboren. Er lebt und arbeitet ebendort als Familienvater, Autor und Lehrer. 1990 erhielt er beim Bachmann-Wettbewerb den Ernst Willner-Preis, 1996 den Erzählerpreis des Ostdeutschen Kulturrates Köln. Er hat bis jetzt acht Romane und vier Erzählbände veröffentlicht. „Für halbwegs Erwachsene", wie er behauptet. Michi und Michi aus Michelstadt ist sein erstes Kinderbuch.

Gerfried Puck, geb. 1960 in Klein St. Paul / Kärnten, lebt dort. Töpfer, Fliesendesigner und Zeichner.

Ludwig Roman Fleischer

MICHI UND MICHI
aus Michelstadt

Kindergeschichten und Bilder

SISYPHUS

für Emanuel

Umschlaggestaltung : unter Verwendung einer Grafik von Gerfried Puck, Sabine und Michaela Gindl
Layout: Michaela Gindl
Illustrationen: Gerfried Puck
Druck: Satz- & Druckteam, Klagenfurt
ISBN: 3-901-960-18-X
Preis: € 15,- SFr 22,50

Mit finanzieller Unterstützung des Bundeskanzleramtes und der Stadt Wien.

Opapa und der kaputte Fernsehapparat

Michi ist ein Bub, der eigentlich Michael heißt. Es sagen aber alle Michi zu ihm. Michi ist ein Mädchen, das eigentlich Michaela heißt. Es sagen aber alle Michi zu ihr. Michi und Michi wohnen im gleichen Haus in der gleichen Stadt im gleichen Land. Das Haus steht in der Michelgasse. Die Michelgasse ist in Michelstadt. Michelstadt ist die Hauptstadt von Michelland.

Michi hat keinen Bruder und keine Schwester. Auch Michi hat keinen Bruder und keine Schwester. Einmal lädt Michi Michi zu sich ein, dann wieder Michi Michi zu sich.

Heute ist Sonntag. Michi hat Michi eingeladen. Michis Eltern sind mit Michis Eltern und mit Michis Omama und Michis Omama einen Besuch machen gegangen, der für Kinder langweilig wäre. Weil auch Michis Opapa mitgegangen ist, ist außer Michi und Michi nur Michis Opapa da. Nach einem lustigen Spaghettiessen sehen alle wie Indianer mit roter Kriegsbemalung aus. Opapa rollt das mit Paradeisersoße bekleckerte Tischtuch zusammen und steckt es in die Waschmaschine. Michi wäscht Michi die roten Flecken vom Gesicht, und Michi

Michi. Der Opapa wäscht sich das Gesicht selber. Dabei schaut er sich im Badezimmerspiegel zu und schneidet Grimassen.

„Ich will fernsehen", ruft Michi.
„Ich auch!" ruft Michi.
Opapa geht – von Michi und Michi umhüpft – ins Wohnzimmer zum Fernsehapparat und sucht nach der Fernbedienung. Sie ist immer woanders. Einmal in der Besteckladе, ein andermal unter einem Sitzpolster, dann wieder im Eiskasten. Opapa findet die Fernbedienung nicht. Er drückt auf den Einschaltknopf, einmal, zweimal, dreimal. Dann sagt er: „Der Fernseher ist kaputt."
„Sowas Blödes!" rufen Michi und Michi.

„Wir machen uns unser eigenes Programm", sagt der Opapa, „statt Fernsehen Nahsehen. Wir können im Garten einen Schneemann bauen, falls der Schnee noch etwas taugt."
Während er Michi und Michi beim Anziehen hilft, erzählt Opapa von seinen eigenen Schneemannerfahrungen: „Als kleiner Bub habe ich mit meinem Opapa meinen ersten Schneemann gebaut. Mein Opapa behauptete, Schnee sei Wolkenmilcheis aus süßer Wolkenmilch, und weil es im Winter so kalt ist, falle sie in Wolkenmilchflocken, damit im Frühling die Blumenkinder was Süßes bekommen und wachsen und groß und stark werden. Der Schnee ist aber gar nicht süß, Großvater, sagte ich, aber er meinte, das würden nur die Blumenkinder merken."
Opapa plagt sich mit Michis Anorak. Der hat ihn beim Ausziehen total verwurstelt. Und Michis Anorak ist überhaupt nicht da. Während Opapa danach sucht, erzählt er – von den Kindern umzappelt – weiter:
„Es war schon März, also recht spät für einen Schneemann, grad wie heute. Wir wanderten zu einer Wiese am Stadtrand. Mein Opapa nahm einen rostigen Topf, ein paar Karotten und Kohlenstücke

mit. Das waren ganz seltene und wertvolle Dinge, nach dem Krieg, eigentlich zu schade für das Schneemann bauen. Im Keller hatte mein Opapa einen alten Besen mit halb abgebrochenem Stiel gefunden und den trug ich über der Schulter. Ehe wir den Schneemann zu bauen anfingen, kostete ich vom Schnee. Er kam mir wirklich süß vor. Opapa und ich formten Bälle und rollten sie so lange durch den Schnee, bis sie groß genug für den Kopf, den Bauch, die Arme und die Beine des Schneemanns waren. Wir steckten unserem Schneemann die Kohlenaugen, die Karottennase und den Kohlenmund an, drückten ihm den Besen in die rechte Hand und setzten ihm den Topfhut auf den Kopf."
Endlich findet sich Michis Anorak – im Schirmständer.
„Dann bauten wir eine Schneefrau und zwei Schneekinder, setzt Opapa fort, „die mussten ohne Kopfbedeckung auskommen. Ihr aber setzt euch schön eure Mützen auf, zum Kuckuck, wo sind denn die nun wieder? Ach ja, ich halt sie ja in der Hand! Also, wie gesagt, wo war ich stehen geblieben? Drei- oder viermal besuchten wir unsere Schneefamilie", erinnert sich Opapa, „als dann der Frühling kam, war sie eines Sonntags verschwun-

den. Nur ein paar Kohlenstücke fanden wir noch. Wo sind denn die Schneeleute? fragte ich. Großvater zeigte auf den Boden, wo zwischen Schneeflecken eine Schar Schneeglöckchen blühte: Wo unsere Schneefamilie war, wachsen jetzt die Blumenkinder. Warum? fragte ich, weil ich damals immer warum fragte. Weil wir ihnen soviel Wolkenmilcheis gebracht haben, behauptete mein Opapa, aus allem, was gewesen ist, wird wieder was. Aus den Herbstblättern werden neue Bäume, aus morschen Bäumen Kohlen und aus Schneeleuten Blumen."

Jetzt setzt Opapa den Kindern Mützen auf und bindet ihnen die Schuhbänder ihrer Moonboots. Michi kann im Gegensatz zu Michi eigentlich schon selber ihre Schuhbänder binden, aber meistens macht sie dabei einen dreifachen Knoten hinein. Den kriegt man nur mit viel Geduld und langen Fingernägeln auf. Opapa müht sich ab und bricht sich einen Daumennagel, ehe die Schuhbänder endlich gelöst und wieder gebunden sind.
„Was heißt Muhnbuhz?“ will Michi wissen.
„Das ist englisch“, antwortet Opapa, „es bedeutet Mondstiefel.“
„Warum?“
„Weil die Astronauten bei ihren Spaziergängen auf dem Mond so ähnliche Stiefel anhatten.“
„Gibt´s auch Sonnenstiefel?“ fragt Michi.
„Nein“, sagt Opapa, „auf der Sonne kann man nicht spazieren gehen.“
„Warum?“
„Die ist ein brennheißer Gasball. Dort würde man mitsamt seinen Stiefeln gegrillt werden. Aber vielleicht gibt es schon bald Marsstiefel oder Venusstiefel, wenn die Astronauten einmal dort spazieren gehen.“
Im Garten liegt nur noch wenig Schnee, und der

ist matschig und braun. Michi und Michi bringen keinen Schneemann und auch keine Schneefrau zustande. Nur einige Schneeschildkröten gelingen ihnen.

Als ihre Anoraks patschnass und voller Schlammspritzer sind, sagt Opapa: „Der Schnee taugt nichts mehr. Wir machen unseren eigenen.“

„Kann man Schnee machen?“ erkundigt sich Michi.
„Und ob“, sagt Opapa, „oben in der Küche zeig ich euch, wie man Schnee macht.“
Der Opapa stopft die beiden Anoraks zu dem mit Paradeissoße bekleckerten Tischtuch in die Waschmaschine. Dabei erklärt er den Kindern, dass Mars und Venus Planeten sind, genauer gesagt, die beiden Nachbarplaneten der Erde. Und dass sich Planeten im Kreis drehen, so um die Sonne herum.
„Warum?“ fragt Michi.
„Damit wir nicht immer Nacht haben und frieren müssen“, antwortet Opapa, „und die Planeten drehen sich auch um sich selber herum, wie die Waschmaschinentrommel. So, und jetzt machen wir uns eine Biskuitroulade aus Eierschnee.“
In der Küche holt Opapa den elektrischen Schaumschläger aus dem Schrank, Eier aus dem Eiskasten, Mehl, Zucker und Marmelade aus dem Speisekammerabteil. Er schlägt das erste Ei auf, hebt es an seine große Nase, riecht daran, ob es auch noch gut ist und nicht etwa schon stinkt. Dann lässt er das Eiklar in die Teigschüssel tropfen, ohne dass der Dotter mit hineinrutscht.
„Warum heißt das Eiklar Eiklar?“ erkundigt sich

Michi.
„Weil man durchschauen kann“, behauptet Opapa.
„Und warum heißt der Eidotter nicht Eitrüb?“ will Michi wissen.
„Ist mir auch nicht klar“, brummt der Opapa, „will jemand versuchen, ein Ei aufzuschlagen?“
Jetzt hat der Opapa einen Fehler begangen. Michi schlägt – wie zuvor der Opapa – das Ei am Schüsselrand entzwei, na ja, schon eher entdrei oder entvier. Er versucht, das Eiklar vom Dotter zu trennen. Dabei hüpft der Dotter aus der Schale und landet auf Michis rechtem Fuß. Die quietscht auf und hopst auf einem Bein herum. Das andere, wo am Pantoffel der Dottermatsch klebt, hat sie erhoben. Sie schreit „Hilfe, Hilfe!“, bis ihr der Opapa den Pantoffel vom Fuß zieht. Er wäscht ihn in der Abwasch ab und stellt ihn auf einen der Heizkörper zum trocknen.
Nach diesem Zwischenfall schlägt Opapa die restlichen Eier selber auf. Michi verrührt die vier Dotter mit Zucker, Mehl und einer Prise Salz. Michi schlägt mit dem Schaumschläger das Eiklar. Es wird eine dicke weiße Masse draus, die wirklich wie Schnee aussieht. Opapa rührt den Schnee vorsichtig in den Teig ein. Danach streicht er den Teig auf ein mit

Backpapier belegtes Backblech und schiebt dieses ins Backrohr. Nach zehn Minuten, in denen Michi und Michi sich mit Marmelade bekleckern, holt Opapa den duftenden, goldbraunen Biskuitteig aus dem Backrohr. Dabei verbrennt er sich die Finger und flucht. Michi und Michi bestreichen den heißen Teig und alles rundum in der Küche mit kühler Marmelade. Opapa rollt den Teig zu einer dicken Biskuitwurst zusammen, die er mit Staub-zucker bestreut.

„Staubzucker, Schmutzzucker, Dreckzucker", singt Michi.
Zur Jause essen Michi und Michi Biskuitroulade und trinken Kakao. Opapa isst keine Roulade und trinkt Kaffee ohne Zucker. Er hat nämlich einen erhöhten Blutzucker und muss Diät halten.

„Blutzucker, Spuckzucker, Luluzucker“, singt Michi. Michi geht zum Fernsehapparat. Sie hat etwas wichtiges entdeckt.
„Der ist gar nicht kaputt, Opapa! Er ist nur nicht angesteckt.“
Da liegt tatsächlich das Kabel mit dem Stecker unterhalb der Steckdose auf dem Fußboden. Opapa hatte vorher die elektrische Eisenbahn an- und darum den Fernseher ausgesteckt. Jetzt können die Kinder doch noch fernsehen. Später findet Opapa die Fernbedienung. Er hat sie mitsamt dem Tischtuch in die Waschmaschine gestopft.
„Jetzt ist sie ganz sauber“, sagt Michi.
„Ja, und ganz kaputt“, brummt Opapa.

Die Amsel Pocahontas

Zu Ostern haben Michi und Michi im Garten etliche Osternester gefunden. Dabei sind sie in Streit geraten. Michi hat gemeint, der Osterhase habe die Nester gebracht, Michi hingegen, dass es das Osterhendl gewesen sein müsse. Schließlich hat man sich darauf geeinigt, dass das Osterhendl die Eier in die Nester legt und der Osterhase alles andere. Alles andere waren zwei Gameboys, zwei Osterbilderbücher, zwei Rechenmaschinen für Kinder, zwei Schachteln Duplo-Bausteine und etliche Eier, Hasen und Hennen aus Schokolade.
Es war noch bitter kalt. Am Ostermontag schneite es sogar, sodass man wieder Schneemänner bauen konnte. Ende April wird es aber von heute auf morgen so richtig Frühling. Endlich können die Kinder im Garten spielen, ohne vorher Anoraks anziehen zu müssen, endlich können sie statt der Anoraks ihre Jeans, T-Shirts und Jacken schmutzig machen. Auch die Sandkiste ist wieder in Betrieb. Leider wird sie von den beiden hauseigenen Katzen Cäsar und Cleopatra gerne als Katzenkistchen benutzt. Da heißt es dann vor dem Spielen mit Schaufeln und Kübelchen die Katzenkacke fortschaffen.

Eines Tages jagt Michi im Garten Ameisen und Feuerwanzen. Und was findet er da unter dem Apfelbaum? Einen kleinen schwarzen Vogel! „Das ist ein Amselbaby“, sagt Michis Mama. Was für ein kuscheliges Flaumgefieder die kleine Amsel hat und wie sie zittert, als Michi sie ganz behutsam in seine Hände nimmt! Er spürt ihr Herzchen so schnell schlagen, dass er selber Herzklopfen bekommt.

„Wir müssen schauen, wo das Nest ist“, sagt die Mama. Gemeinsam durchstreifen sie den Garten, kreuz und quer und quer und kreuz, sie recken die Hälse, kneifen die Augen zusammen, aber nirgendwo findet sich ein Nest: Im Apfelbaum nicht, im Birnbaum nicht, nicht im Marillenbaum, nicht im Nussbaum und auf keinem der drei Kirschbäume. „Nun, da haben wir also einen neuen Hausgenossen“, meint Michis Mama, “den werden wir

eine Zeitlang durchfüttern müssen."
Das Amselkind wird in die Wohnung gebracht und in eine Schachtel gesetzt. Es wird aber kein Deckel auf die Schachtel getan, sondern ein Grillrost, damit sich das Amselchen nicht in der Wohnung verfliegen kann, falls es zu fliegen anfängt. Zum Glück steht bei Frau Doktor Waltraud drüben ein leerer Vogelkäfig. Hanni, die Tochter von Frau Doktor Waltraud, hatte vom Christkind zwei Zeisige bekommen. Die hat sie eines Tages aus dem Käfig gelassen, und da sind die Zeisige zuerst ein wenig in der Wohnung herumgeflogen, und dann haben sie die offene Balkontür entdeckt. Dort sind sie hinausgeflogen und nicht wieder zurückgekommen. Hanni hat viel weinen müssen. Damit sie nicht das ganze Jahr hindurch weint, hat ihr der Osterhase im Vorjahr die beiden Katzen Cäsar und Cleopatra gebracht. Das heißt: eigentlich nur Cäsar, Cleopatra ist von selber gekommen, im Mai. Hanni ist aber überzeugt, dass sie der Osterhase nachgeliefert hat. Jedenfalls gibt sie Michi den leeren Vogelkäfig. Frau Doktor Waltraud sagt, dass Amselkinder eine Unmenge Würmer und Insekten brauchen und auf keinen Fall Körner fressen dürfen. Michi muss also jetzt jeden Tag auf die Jagd gehen. Nicht mehr auf

Feuerwanzen- und Ameisenjagd, denn sein Papa sagt, dass er ihn hinausschmeißt, wenn er diese Viecher in die Wohnung bringt und dass die Feuerwanzen womöglich giftig sind. Michi jagt darum nach Raupen und Würmern. Die Fliegen erwischt er leider nicht. Die Beute ist bescheiden. Mama kauft in der Tierhandlung Mehlwürmer zu.

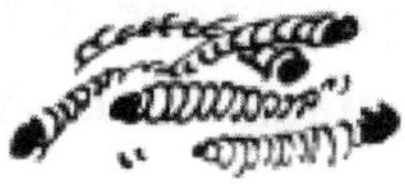

Das Amselkind heißt Pocahontas. Es gedeiht prächtig. Sein Gefieder wird dichter und dichter, sein Piepsen lauter und lauter. Bald unternimmt Pocahontas die ersten Flugversuche. Da sagt Michis Mama: „Wir müssen Pocahontas freilassen."
Zunächst will Michi davon nichts wissen. Weil aber sein Papa ihm erklärt, eine Amsel in einem Käfig sei das Gleiche wie ein Kind, das sein ganzes Leben am Klo eingesperrt verbringen muss, lässt er sich doch überzeugen.
Am nächsten Morgen werden Cäsar und Cleopatra in Frau Doktor Waltrauds Wohnung gesperrt. Der Käfig wird in den Garten gestellt und geöffnet. Po-

cahontas zögert ein wenig, hüpft aus dem Käfig heraus, hüpft in den Käfig hinein, trinkt einen Schluck aus der Käfigwasserwanne, hüpft wieder ins Freie. Ein Stückchen flattert sie probeweise – von einem Leberblümchen bis zu einer Brennnesselstaude. Plötzlich fliegt sie zur Nussbaumkrone hinauf und nach kurzer Rast auf und davon.
Tagelang ist Michi traurig. Nicht einmal Pommes frites mit Ketchup schmecken ihm. Stundenlang sucht er im Garten nach seiner Amsel und ruft ihren Namen.
„Pocahontas, Pocahontas, ach, wo ist denn Pocahontas, Mama?“
Mama legt eine Hand auf Michis Kopf, die andere an sein Herz: „Da und da ist sie. Du kannst von ihr träumen.“
„Träumen ist mit dem Herzen fernsehen“, hat der Opapa einmal gesagt.
Michi denkt jeden Abend vor dem Einschlafen ganz fest an Pocahontas. Am Montag träumt er von nichts. Am Dienstag träumt er von Pommes frites mit Ketchup. Am Mittwoch träumt er endlich von Pocahontas. Und am Donnerstag schmecken ihm Pommes frites mit Ketchup wieder.

Die Kindergruppe Kunterbunt

Am Montag, am Dienstag, am Mittwoch, am Donnerstag und am Freitag gehen Michi und Michi in die Kindergruppe Kunterbunt, weil ihre Eltern arbeiten müssen. Die Opapas und Omamas wohnen nicht im Haus in der Michelgasse, und irgendwer muss ja auf Michi und Michi aufpassen. Das tun Walter und Nermina in der Kindergruppe Kunterbunt. Sie spielen mit ihnen, servieren ihnen das Essen, trösten sie, wenn sie traurig sind und tun überhaupt alles, was ansonsten die Eltern tun. Zur Kindergruppe Kunterbunt gehören auch Hanna, Leah, Benno, Maxl, Özgül, Susanna, Wang-Li, Slobo, Gana und Yasmine.

Andere Kinder gehen in den Kindergarten. Was der Unterschied zwischen einer Kindergruppe und einem Kindergarten ist, haben Michi und Michi noch nicht herausgefunden. Der Kindergarten in der Untermarktstraße hat keinen Garten und heißt dennoch wie er heißt. Die Kindergruppe Kunterbunt hingegen hat einen schönen Garten und heißt trotzdem wie sie heißt. Im Garten gibt es eine Sandkiste, Schaukeln, einen Kletterbaum und ein Baumhaus. Die Räume der Kindergruppe Kunterbunt bestehen aus einem großen Zimmer zum Spielen, einem kleineren zum Essen, einer ganz kleinen Küche zum Kochen, einem Kinder-Doppel-Klo zum Klogehen und einem Badezimmer. Dort wäscht man sich nach dem Klogehen und vor dem Essen die Hände und putzt sich nach dem Essen die Zähne. Außerdem spritzt man einander mit Wasser nass oder schmiert sich einen Schnurrbart aus Zahnpasta ins Gesicht.

Heute lernen die Kinder die Tage der Woche. Nermina fragt: „Welcher Tag war gestern?“

Michi weiß es, weil ihr Papa beim Frühstück gesagt hat, dass ihm der Montag auf die Nerven geht. „Mondtag“, sagt sie.

„Was hat dein Papa gestern gemacht?“ will Nermina wissen.

„Er ist in die Schule gegangen. Mein Papa ist nämlich Lehrer“, antwortet Michi, „und meine Mama ist

Lehrerin. Sie ist auch in die Schule gegangen."
„Und meine Mama war im Spital. Sie ist Ärztin", ruft Michi, „und mein Papa war auch im Spital. Er ist Arzt."
„Und welcher Tag ist heute?" fragt Nermina weiter.
„Dienstag", rufen Leah, Yasmine und Wang-Li wie aus einem Mund.
Die Kinder erzählen, was ihre Eltern heute machen. Diejenigen, die es nicht wissen oder es nicht sagen wollen, erzählen es nicht. Hannas Mama arbeitet in ihrer Praxis, weil sie Zahnärztin ist. Hannas Papa ist an der Universität, weil er Student ist. Maxls Papa ist Schauspieler, seine Mama Krankenschwester. Ganas Mama ist Verkäuferin, ihr Papa Bankangestellter. Benno will nicht sagen, was sein Papa macht, weil sein Papa nicht bei ihm zu Hause wohnt. Benno will auch nicht sagen, was seine Mama macht, und wenn er nicht will, dann muss er nicht. Yasmine ist ein schokoladebraunes Mädchen aus Afrika. Sie hat nur einen Papa und eine Tante, weil ihre Mama gestorben ist. Der Papa hat heute frei. Morgen muss er wieder an der Wetterwarte arbeiten. Wang-Li ist ein chinesischer Bub. Seine Haut ist gelb. Er wohnt bei seinem Onkel und seiner Tante in Michelstadt. Wang-Li ist das

älteste Kind der Kindergruppe Kunterbunt, darum kann er am besten sprechen. Er sagt: „Am Donnerstag werde ich mit meiner Tante ins Naturhistorische Museum gehen. Am Freitag werde ich meine Eltern anrufen. Am Samstag werden wir einen Ausflug machen."

Als Wang-Li und Yasmine in die Kindergruppe Kunterbunt kamen, wollte Benno nicht mit ihnen spielen und beim Essen nicht neben ihnen sitzen. „Ich mag keine braunen Kinder und ich mag keine gelben Kinder", sagte er. Am nächsten Donnerstag brachte Nermina für alle Kinder bunte Steine mit, aus denen man die allerbuntesten Puppen und Tiere zusammensetzen konnte. Als einziger erhielt Benno nur weiße Steine. „Ich glaube, du magst ja nur Weiß", sagte Walter zu ihm. Alle Kinder bauten bunte Puppen und Tiere. Nur Bennos Puppen und Tiere waren weiß. Das Spiel machte ihm keine Freude. Am Freitag bekamen alle Kinder weißes Papier und bunte Malfarben. Benno bekam weißes Papier und weiße Malfarbe. Das Malen machte ihm keine Freude. Und am Montag darauf bekamen alle Kinder bunte Luftballons, Benno hingegen nur weiße. Die Luftballons machten ihm keine Freude. „Du magst ja nur Weiß", sagte Walter.

„Ich mag nicht ja nur Weiß“, sagte Benno und fing zu heulen an.
„Aber nur weiße Kinder magst du“, sagte Walter, „keine gelben oder braunen.“
„Ich mag nicht nur weiße Kinder“, schluchzte Benno.
„Ach so“, sagte Walter, “da hab ich mich offenbar getäuscht.“
Beim Mittagessen saß Benno dann zwischen Wang-Li und Yasmine. Am Abend gab ihm Nermina einen Sack voll bunter Steine und Walter gab ihm einen Farbkasten und einen roten, einen gelben und einen braunen Luftballon.

Als jene Kinder, die das wollen, erzählt haben, was ihre Eltern heute tun, macht die Kindergruppe Kunterbunt einen Ausflug in den Tiergarten. Alle marschieren brav, halbbrav oder viertelbrav unter Nerminas und Walters Leitung zur Wackeltram.

Mit der müssen sie vier Stationen fahren. Dann müssen sie in den Schnaufebus umsteigen. Alle steigen bei der vierten Station aus. Alle? Nein. Michi, Michi, Özgül, Benno und Wang-Li steigen nicht aus. Der Wackeltramwagen ist so überfüllt, dass sie das Aussteigen der anderen nicht mitbekommen. An der Haltestelle herrscht ein solches Gedränge, dass die anderen nicht mitbekommen, dass sie es nicht mitbekommen. Michi, Michi, Özgül, Benno und Wang-Li sitzen zu fünft auf den zwei Sitzen ganz vorn vor der Vorderfensterscheibe des Wackeltram-Beiwagens und spielen Wackeltram-Motorführer. Sie führen die Wackeltram-Garnitur weiter, immer weiter, bis zur Endstation. Michi fährt über Paris und Hollabrunn, Michi über New York, Özgül über Izmir und Antalya, Benno fährt direkt, Wang-Li fährt über Hongkong. Die Endstation ist weit draußen am Stadtrand. Erst als die Motorführerin zur geöffneten Ziehharmonikatür herein „Alles aussteigen“ ruft, merken die Kinder, dass sie längst hätten aussteigen müssen. Özgül ruft „Oje“, Benno beginnt zu weinen, Wang-Li sagt „das ist aber sehr unangenehm“, Michi und Michi sagen „Scheibenkleistermasse“.

„Wo kommt ihr denn her?“ will die Motorführerin wissen, und „wo gehört ihr denn hin?“

„Wir gehören in die Kindergruppe Kunterbunt“, antwortet Wang-Li.

„Und wo ist die Kindergruppe Kunterbunt?“ fragt die Motorführerin.

Ja, das weiß leider niemand so recht zu sagen. Die Motorführerin ist blond und nett. Sie sagt, dass sie auch zwei Kinder hat. Sie führt die fünf Wackeltram-Abenteurer ins Wackeltramdepot. Sie kriegen Automatenkakao und Automatenkekse aus dem Wackeltramdepot-Automaten. Die Wackeltram-Motorführerin blättert in einem dicken Telefonbuch.”Kindergruppe Kunterbunt, Kigru Kubu, Kienspan, Kinkerlitz, Killermann, Kigru Kubu, Kigru Kubu...”, murmelt sie. Dann telefoniert sie mit ihrem Handy. Sie sagt, dass in der Kigru Kubu niemand etwas sagt. Und da sagt Wang-Li, dass die Kigru Kubu im Tiergarten ist. Die Motorführerin telefoniert weiter. Mit ihrem Mann. Der ist Taxifahrer. Sie sagt, er sagt, dass er die Kinder abholen

und zum Tiergarten fahren wird. So geschieht es auch.
Auf dem Weg zum Tiergarten probieren Michi und Michi Abkürzungen aus. Wacktra, Schnaubu, Mofü. Mota, Dita, Miwo, Dota, Freita. Später im Tiega besuchen sie Giras, Seelös und Fanten. Danach gehts gemeinsam zurück in die Kigru Kubu.

Der Markt

Am Samstagmorgen ist nur Papa da, wenn Michi aufwacht. Mama ist in der Schule bei den Kindern. Sie muss dort arbeiten. Papa aber hat seinen freien Tag. Meistens wacht Michi früher auf als ihr Papa. Sie muss sie ihn an der Nase ziehen, damit er munter wird. Oder sie schreit ganz laut „Kakao!“ in sein linkes oder in sein rechtes Ohr. Dann reckt und streckt sich der Papa, wurstelt sich aus dem Bett und tapptitappt in die Küche. Michi hört ihn in dort rumoren und klippern und klappern. Endlich kommt er mit dem Kakaofläschchen, seiner Teetasse und den Marmeladebroten. Michi und Papa essen ein Bettfrühstück. Nach dem Bettfrühstück liest Papa Michi zwei, drei, vier Geschichten vor, und nach dem Vorlesen holt Papa den Staubsauger und ein Putztuch, und entfernt damit die Bettfrühstücksbrösel und die Bettfrühstückspatzer vom Bettfrühstücksbett.

Danach putzen Michi und ihr Papa die Zähne, waschen sich, kämmen sich, kleiden sich an und gehen zum Markt. Am Samstag ist Bauernmarkt, da gibt es frische Sachen vom Bauernhof: Milch, Käse, Eier, Butter, Speck und Bauernwürstel. Beim

Biostandel gibt es das auch, es ist aber teurer als bei den Bauern, sagt Papa, außerdem gibt es beim Biostandel Tofu und Kefir und Soja, das sind Sachen, die wie Käse und Joghurt und Fleisch ausschauen, es aber nicht sind, sagt Papa.

Bei den anderen Marktständen schaut sich Michi an, was wie was aussieht: die Äpfel sehen wie Bälle aus, die Erdäpfel sehen wie erdige Bälle aus, die Spargel sehen wie weiße Malstifte aus, die Paradeiser sehen wie rote Knödel aus, die Kirschen sehen wie rote Murmeln aus, die Erdbeeren sehen wie rote Puppenköpfe mit grünen Haaren aus, das Türkenbrot sieht wie eine Pizza aus, auf der nichts drauf ist, die Marillen sehen wie orangegelbe Popos aus, die Radieschen sehen wie kleine Blumensträuße aus, bei den Bananen und den Gurken ist Michi noch nicht eingefallen, wie sie aussehen. Am Käsewagen bekommt Michi eine Scheibe gelben Kinderkäse und Papa kauft einen Käse, der wie ein Erdapfel aussieht. Beim Stand von Achmed bekommt Michi ein Baklava. Das sieht wie Apfelstrudel aus, aber es schmeckt viel süßer und klebt wie Klebstoff. Papa trägt eine schwere Einkaufstasche über der Schulter, und da will auch Michi getragen werden, auf den Schultern. Sie sagt: „Papa, nimm mich auf!“ Aber, heiliger Bimbam! Da sieht sie bloß einen Mann vor sich, der wie Papa aussieht! Und auf einmal sind so viele Beine um sie, lange, dicke, kurze, dünne, nackte und solche, die in Strümpfen und Hosen stecken, und keins der Beine sieht wie Papas Beine aus, die in Blue Jeans stecken. Michi läuft zum Käsewagen und ruft: „Papa!“ Michi läuft zum Fischstand und ruft: „Papa!“ Michi läuft zu Achmeds Stand zurück und ruft: „Papa!“ Und Michi läuft gegen die Beine einer Polizistin und ruft: „Papa!“

Die Polizistin beugt sich zu Michi herab und fragt: „Hast du deinen Papa verloren?“ Und Michi nickt und schniefelt. „Wie heißt du denn?“ fragt die Polizistin, und da sagt Michi: „Ich heiße Michi und wohne in der Michelgasse neunzehn.“ „Na gut, Michi, das ist fein, daß du deine Adresse weißt,“ sagt die Polizistin, „wir werden zusammen auf die Wachstube gehen und auf deinen Papa warten. Der kommt bestimmt dorthin und fragt nach dir.“ „Aber ich könnte bei der Frau Doktor Waltraud in der Michelgasse neunzehn warten“, fällt Michi ein, „die ist unsere Nachbarin.“ „Na, und wenn sie nicht zu Hause ist? Am besten, wir zwei suchen noch einmal hier auf dem Markt nach deinem Papa.“ Michi darf sich auf die Schultern der Polizistin setzen, und die Polizistin trägt Michi einmal marktab und einmal marktauf, hoch über den Köpfen all der Beine, die über den Markt trippeln, schlurfen und stapfen, und Michi ruft immer wieder: „Papa!“ Da sieht sie ihn plötzlich beim Bäckerstand, wo sie immer ein Eis bekommt, wenn es warm ist, oder ein Marmeladekipferl, wenn es kalt ist. Michi ist froh, als sie von den Schultern der Polizistin auf die Schultern ihres Papa wechseln kann. Und sie ist froh, dass ihr Papa wie ihr Papa aussieht.

Die Gespenster

„Opapa, gibt es Gespenster?“ fragt Michi seinen Großvater.
Der kratzt sich den Bart.
„Wie kommst du denn darauf?“ fragt er dann zurück.
„Naja“, sagt Michi, am Strohhalm von seinem Kindercola saugend, „also im Kindergruppenhaus ist ein Keller und da haben wir hinuntergehen wollen...“
„...und da hat die Frau Wuzik gesagt, wir dürfen das nicht, weil da unten sind Gespenster und die lauern auf Kinder,“ ergänzt Michi, ebenfalls an ihrem Kindercolastrohhalm saugend, „und dann...“
„...und dann sperren die Gespenster die Kinder im Keller ein und lassen sie nicht mehr hinaus, hat Frau Wuzik gesagt.“
„Na, da hat die Frau Wuzik aber einen ganz großen Blödsinn geredet“, brummt der Opapa, „es gibt nämlich gar keine Gespenster, die Kinder in den Keller sperren.“
„Aber Gespenster gibt es schon“, sagt Michi, und „sind alle Gespenster böse?“ fragt Michi.
„Ihr wollt also wissen, ob es Gespenster gibt?“

fragt der Opapa.
„Ja!“ rufen Michi und Michi wie aus einem Mund. Der Opapa kratzt sich wieder seinen Bart, dann sagt er:

„Ich erzähle euch jetzt die Geschichte von den Hurgeln. Die Hurgeln wohnen in Hurglingen in Hurgelhäusern. Sie essen am liebsten Hurgelkuchen und trinken Hurgelsaft. Jeden Sommer feiern sie ein großes Hurgelfest, und da hurgeln sie drei Tage und drei Nächte herum und machen einen Ausflug nach Murglingen zu den Murgeln.“
Der Opapa macht ein ganz komisches Gesicht, und da müssen Michi und Michi lachen, und Michi setzt ihr Kindercola ab und ruft: „Blödsinn! Es gibt gar keine Hurgeln und Murgeln!“

„Aber wenn ich eine Geschichte von Hurgeln und Murgeln erzähle, dann gibt es in der Geschichte Hurgeln und Murgeln," sagt der Opapa, „die Murgeln wohnen übrigens in Murglingen in Murgelhäusern. Sie essen am liebsten...na, was essen sie denn am liebsten?"
„Murgelkuchen!" schreit Michi, „und sie trinken am liebsten Murgelsaft."
„Ganz richtig," brummt der Opapa, „und jeden Winteranfang feiern sie ein großes Murgelfest, und da murgeln sie drei Tage und drei Nächte herum und fahren...na, was glaubt ihr, wo sie hinfahren?"
„Zu den Wurgeln nach Wurglingen!" schlägt Michi vor, „und die essen Wurgelkuchen und trinken Wurgelsaft und machen ein Frühlingsfest..."
„Blödsinn!" unterbricht Michi, „es gibt gar keine Wurgeln!"
„Aber wenn der Michi eine Geschichte von Wurgeln und Zurgeln erzählt, dann gibt es in der Geschichte Wurgeln und Zurgeln."
„Und Schweppeln und Peppeln und Zeppeln und Treppeln!" kräht Michi.
„Aber nur in der Geschichte! Nur in so einer blöden Geschichte!" protestiert Michi. Vor Ärger ist sie ganz rot im Gesicht.

„Na, und so eine blöde, nein, noch viel blödere Geschichte hat euch auch die Frau Wuzik erzählt", sagt der Opapa, „und in ihrer blöden Geschichte gibt es halt Gespenster."

Den ganzen Nachmittag erzählen Michi, Michi und der Opapa einander Geschichten: Hurgel- und Wurgelgeschichten, Zeppel- und Peppelgeschichten, Wuppel- und Tuppelgeschichten.

Am nächsten Tag nehmen Michi und Michi Leintücher und schwarze Masken in die Kindergruppe mit. Der Opapa geht mit ihnen, und so haben sie auch keine Angst, in den Keller hinunterzusteigen. Im Keller verkleiden sie sich als Zeppel-Peppel-Gespenster, während der Opapa ihnen mit der Taschenlampe leuchtet. Er hat auch ein leeres Papiersackerl bei sich. Dann machen die Kinder einen Höllenlärm im Keller. Als daraufhin die Frau Wuzik – einen Wasserkübel in der Hand – schimpfend die Kellertreppe heruntergestiegen kommt, sind Michi und Michi mucksmäuschenstill. Frau Wuzik bleibt am Fuß der Treppe stehen und lugt angestrengt in die Finsternis. Da lässt Opapa das aufgeblasene Papiersackerl zerplatzen, was einen fürchterlichen Knall gibt, und die Kinder kreischen: „Huiiiiiii! Wir sind die Kellergespenster! Huiiiiiii!

Wir sind die Kellergespenster!“
Die Frau Wuzik erschrickt so sehr, daß ihr der Wasserkübel aus der Hand fällt. Michi, Michi und der Opapa lachen sich schief über die Frau Wuzik. Die erholt sich allerdings schnell von ihrem Schreck. „Sowas! Sie alter Depp sollten sich genieren!“ keift sie den Opapa an, „das wird ein Nachspiel haben! Das sag ich dem Hausherrn!“ „Sagen Sie´s ihm nur“, sagt Opapa, sich Lachtränen aus den Augen wischend, „der Hausherr ist ein alter Freund von mir, wir sind miteinander in die Volksschule gegangen!“

Die Eichhörnchen im Badezimmer

Eines Sonntagmorgens will sich Michis Papa – so wie jeden Morgen – rasieren, weil sonst hat er Glaspapierwangen, wie Michis Mama sagt. Beim Rasieren muss man sich in den Spiegel schauen, um sein Gesicht zu sehen, ansonsten rasiert man sich womöglich einen blutigen Kratzer ins Gesicht oder rasiert jemanden falschen. Michis Papa schaut sich also in den Spiegel, und da sieht er nicht nur sein Gesicht, sondern auch das Badezimmerfenster: das ist ein doppeltes Fenster, mit Innen- und Außenscheiben, und dazwischen ist der Fensterkasten. Die Oberlichte muss immer offen bleiben, damit der Badezimmerdampf abziehen kann. Michis Papa sieht also im Spiegel nicht nur sein Gesicht, sondern dahinter auch den Badezimmerfensterkasten. Und was ist im Badezimmerfensterkasten drin? Laub, Gras und Zweige sind drin, eine Kugel aus Zweigen und Blättern ist drin und – Michis Papa traut seinen Augen nicht – ja: ein Eichhörnchen ist drin. Es sitzt vor der Zweig- und Blätterkugel und putzt sich sein rotbraunes Fell. Michis Papa vergisst auf sein Gesicht und aufs Rasieren und holt Michi und Mama herbei. Da gibt es ein großes Staunen und für das Eichhörnchen gibt es – weil keine Nüsse im Haus sind – ein Stück Nussschokolade. Als aber Michi die Schokolade in den Fensterkasten hineinwirft, erschrickt das Eichhörnchen fürchterlich, klettert zur Oberlichte hinauf und springt aus dem Fenster. Über die Hausmauer – ja: senkrecht über die Hausmauer – huscht es in den Garten hinunter und bleibt drei Tage lang verschwunden. Michi ist verzweifelt. Warum hat er so naseweis sein müssen!

Nach drei Tagen aber ist das Eichhörnchen wieder da - und es sind auch vier kleine, noch fast nackte Eichhörnchenbabies da. Sie liegen im Kugelmugelnest, an die Eichhörnchenmama gekuschelt.

Michi verbringt jeden Tag viele Stunden im Badezimmer. Die Eichhörnchen gedeihen bestens. Bald balgen sie im Fensterkasten umher und beginnen mit Kletterübungen. Das größte und frechste Hörnchenkind klettert eines Tages aus dem Fensterkasten hinaus – ganz wie es das von der Eichhörnchenmama gesehen hat – und springt hinunter auf das Fenstersims. Dort aber hat es plötzlich keine Kraft und keinen Mut mehr. Zitternd sitzt es auf dem Fenstersims und bedeckt mit seinem buschigen Schweif die Äuglein. Vergeblich zeigt ihm seine

Mama, wie man in den Fensterkasten zurückklettert: das Hörnchenkind hat einfach zuviel Angst.
„Es wird vom Fenstersims stürzen und in den Garten fallen und tot sein!“ ruft Michi verzweifelt, „was sollen wir denn tun?“
Michis Mama hat eine Idee: „Wir rufen die Feuerwehr. Die Feuerwehrmänner werden ihre große Leiter an die Hausmauer lehnen, hinaufklettern und

das Hörnchen retten.“
Die Feuerwehr kommt mit Tatü-Tata und Blaulicht. Alle Leute in der Michelgasse glauben, daß es in Michis Haus brennt, als sie die Feuerwehrleute mit der großen Leiter in den Hausflur laufen sehen. Michi und Michi stehen im Garten, unterhalb des

Badezimmerfensters, und halten ein Leintuch gespannt, damit das kleine Eichhörnchen ins Leintuch hineinfällt und sich nicht wehtut, wenn es abstürzt. Ein Feuerwehrmann lehnt die Leiter an die Hausmauer und klettert hinauf. Als er knapp unter dem Badezimmerfenster angekommen ist, hüpft das kleine Hörnchen plötzlich vom Sims, huscht pfeilschnell die Hausmauer empor und verschwindet am Dach. Vor lauter Schreck hat es Hausmauerklettern gelernt! Gleich ist die Eichhörnchenmama hinter ihm her, und die beiden bleiben für den Rest des Tages verschwunden. Da machen sich Michi und Michi große Sorgen um die drei verlassenen Eichhörnchenkinder. Als sich aber Michis Papa am nächsten Morgen rasieren will und im Spiegel nach seinem Gesicht sucht, da sieht er, daß die ganze Eichhörnchenfamilie wieder im Fensterkastennest vereint ist. Die Eichhörnchenfamilie wohnt noch viele Wochen lang im Badezimmerfenster. Die Eichhörnchenkinder machen immer längere und mutigere Ausflüge: über die Hausmauer, aufs Dach, in den Garten hinunter und auf die Bäume hinauf. Gegen Ende des Sommers sind alle vier groß genug, sich eigene Nester zu bauen: eins in einer Baumhöhle, eins in einer

Astgabel, die anderen vielleicht irgendwo in einem anderen Badezimmerfenster. Nur die Eichhörnchenmama wohnt auch weiterhin im Kugelmugelnest und sieht Michis Papa jeden Morgen beim Rasieren zu.

Warum Michis Mama dicker wurde

In letzter Zeit ist Michis Mama irgendwie dicker geworden, vor allem um den Bauch herum. Eigentlich ist Michis Mama ja eine sehr schlanke Mama, so, wie Michi ein sehr schlankes Mädchen ist. Jetzt aber fürchtet Michi, sie und ihre Mama könnten gar nicht mehr richtig zusammenpassen. Hat die Mama so viel gegessen? Wird sie noch dicker werden? Muss sie sich dann lauter neue Kleider kaufen? Wahrscheinlich kommt die Dickheit davon, daß Mama seit neuestem so komische Sachen isst: zum Beispiel ein Liptauerbrot und gleich darauf eine Tafel Schokolade. Oder einen ganzen Teller Wurstsalat mit Mayjonnaisematsch oder drei Orangen und danach Maronireis mit Schlagobers. Dafür isst sie dann beim Abendessen überhaupt nichts und sagt, es ist ihr nicht gut, und dann hat der Papa eine Sorgenstirn und ist ganz besonders lieb zu Mama.

Papa hat Mama aus einer Boutique zwei Kleider mitgebracht. „So was Weites, Faltiges, Verspieltes, gerade richtig jetzt“, hat er gesagt.

Womöglich wird Mama Papa zuliebe immer dicker. Michi hat behauptet, daß ihm gar nicht aufgefallen

ist, dass Michis Mama zugenommen hat.
In der Kindergruppe Kunterbunt findet Anfang Juli ein Abschiedsfest statt. Wang-Li, Benno, Özgül, Michi und Michi kommen nämlich im Herbst in die Schule. Beim Abschiedsfest spielt Walter mit Nermina Kasperltheater, und es gibt viele gute Sachen zu essen. Michis Mama verspeist zwei Paar Würstel, eine Sachertorte mit Schlagobers und einen Teller Nudelsalat.

Danach wird ihr schlecht und sie muss sich am Kinder-Mini-Doppel-Klo übergeben. Michi und ihre

Eltern gehen – weil der Mama schlecht ist – früher nach Hause als Michi und die anderen. Zu Hause sagt der Papa zuerst zur Mama: „Ich glaube, wir sollten es Michi sagen“, und Mama sagt: „Ja, ich glaube auch“, und dann sagt der Papa zu Michi: „Die Mama bekommt Ende Jänner ein Baby. Deshalb war ihr heute schlecht.“

Michi weiß nicht, warum einem schlecht ist, wenn man im Jänner ein Baby bekommt. Der Mama ist jetzt wieder gut, und so fragt Michi nicht danach. „Im Jänner werden wir zu viert sein“, sagt die Mama und lächelt dabei strahlend. Da kommt Michi doch ins Fragen: „Werden wir dann vier Zimmer haben? Wo wird das Baby schlafen? Was wird das Baby essen? Wie groß wird das Baby sein?“

Michi ist so aufgeregt, daß sie zu fragen vergisst, ob das Baby ein Brüderchen oder ein Schwesterchen sein wird. Darum kann sie am Abend lange nicht einschlafen. In der Nacht träumt sie, sie hätte das Baby im Kinderwagen geschoben und den Kinderwagen im Supermarkt verloren. Davon wacht Michi auf und ist total durcheinander und verängstigt. Sie huscht zu Papa und Mama ins Zimmer und kuschelt sich zwischen die beiden ins Bett. „Wird das Baby ein Mädchen oder ein Bub?“

fragt sie die Eltern.
„Wir wissen es selber noch nicht“, antwortet Mamas Stimme im Dunklen.
„Und wo ist das Baby jetzt?“ will Michi wissen.
„Hier bei mir in meinem Bauch“, antwortet Mamas Stimme. Da Michi jetzt weiß, daß das Baby bei ihr und ihren Eltern kuschelt, schläft sie beruhigt ein.

Lenerle und der Fliegenpilz

Im August machen Michi und ihre Eltern auf dem selben Bauernhof Urlaub wie Michi und seine Eltern. Michis Mama ist noch dicker geworden und muss sich schonen, damit es dem Baby in ihrem Bauch gut geht. Michi ist mit seinen Eltern aus Italien zum Fuchsbauerhof gereist. Der Fuchsbauerhof steht in Tirol und gehört dem Fuchsbauer.
Der Fuchsbauer ist groß und kräftig, die Fuchsbäuerin ist klein und rund. Beide reden Tirolerisch. Ihre Kinder, der Lois, die Walpurga und die Irmtraud reden auch Tirolerisch. Tirolerisch ist gar nicht so schwer. Michi und Michi können es schon ein bisschen. Auf Tirolerisch sagt man „Griaß di Gott“ statt „Hallo“, „Gitscherle“ statt „Mädchen“ und „Sisch kolt“ statt „Es ist kalt“.
Zum Frühstück gibt es Muhkuhmilch, Muhkuhbutter und Muhkuhkäse von den Muhkühen. Die Muhkühe heißen Flora, Fanni, Falchele und Malchele. Unter tags sind sie auf der Weide und fressen Gras und Kräuter, damit die Muhkuhmilch, die Muhkuhbutter und der Muhkuhkäse besser schmecken. Am Abend gehen sie in den Stall schlafen. Bevor sie einschlafen, werden sie vom Fuchs-

bauer gemolken. Manchmal melkt sie auch der Lois, aber meistens kehrt er den Stall sauber, schaufelt Heu in die Muhkuhtröge und gibt den Muhkühen Wasser zu trinken. Dann muhen die Fanni, die Flora, das Falchele und das Malchele vor lauter Freude. Neben den Muhkühen gibt es noch die beiden Schafe Hänsel und Gretel, die Schweinemama Pocula mit ihren Ferkelkindern Susi, Hias und Nikolaus, den Kater Murz und das kleine Rehkitz Lenerle. Walpurga hat das Lenerle im Wald gefunden. Das Lenerle hatte seine Mama verloren und so bekam es am Fuchsbauernhof ein neues Zuhause und Walpurga gab ihm jeden Tag Muhkuhmilch zu trinken. Lenerle ist ganz zutraulich. Michi und Michi dürfen es streicheln und mit Körnern füttern.

Einmal gehen Michis Papa und Michis Papa in den Wald Pilze suchen. Auf Tirolerisch heißen Pilze Schwammlen. Michi, Michi, Walpurga und das Lenerle gehen mit in den Wald. Michi findet ein wunderschönes Schwammle mit einem roten Hut und weißen Tupfen drauf. Sie zeigt das Schwammle der Walpurga, doch die sagt: „Des isch a Fliegenpilz, der isch giftig.“

Michi glaubt ihr nicht, zeigt das Schwammle ihrem

Papa und fragt, ob sie es mit nach Hause nehmen darf. Der Papa schaut sich das Schwammle an und sagt: „Die Walpurga hat recht. Das ist ein Fliegenpilz. Der ist zwar wunderschön, aber giftig wie Schwefel, Pech und Benzin zusammen. Wenn man einen Fliegenpilz isst, dann fällt man um und ist mausetot.“

Die drei Kinder stehen um die beiden Papas herum auf der Waldlichtung und die beiden Papas zeigen ihnen stolz die Schwammlen, die sie - die Papas - gebrockt haben: Eierschwammerln, Rotkappen,

einen Maronenröhrling und zwei Steinpilze.
„Das sind Speisepilze“, sagt Michis Papa, „die kann man kochen und essen.“
Niemand hat auf Lenerle, das kleine Rehkind achtgegeben. Es tritt auf den Fliegenpilz zu, schnuppert daran und frisst ihn mitsamt Hut und Stiel auf. Walpurga bemerkt es erst, als es schon zu spät ist. Sie beginnt bitterlich zu weinen:
„Mei arms Lenerle! Was haschten gmacht! Hascht a giftigs Schwammle gfressen!“
Da muss auch Michi weinen:
„Armes Lenerle! Hast einen Fliegenpilz gegessen und jetzt musst du sterben und bist bald mausetot!“
Aus ist es mit dem Schwammerlsuchen. Walpurga nimmt das kleine Reh in ihre Arme und alle laufen so schnell sie können zurück zum Fuchsbauerhof.
„Das Lenerle hat einen Fliegenpilz gegessen und wird bald mausetot umfallen!“ ruft Michi von weitem dem Fuchsbauern entgegen, der gerade aus dem Stall tritt.
Der Fuchsbauer stellt den Melkkübel auf den Boden und schüttelt bedächtig den Kopf.
„Das Lenerle wird nit sterben“, sagt er, und tätschelt der noch immer weinenden Walpurga das Köpfchen, „fier a kloans Rehkitz isch a Fliegenpilz

a wunderbares Essen. Die Rehe können Fliegenpilze fressen, soviel sie wolln. Fliegenpilze sein nur fier ins Menschen giftig.“
„Warum?“ fragt Michi, der bisher überhaupt nichts gesagt hat, „warum sind Fliegenpilze für Menschen giftig und für Rehe nicht?“
„Ja, warum sind Fliegenpilze für uns was anderes als für die Rehe?“ setzt Michi hinzu.
Der Fuchsbauer stopft sich seine Pfeife. Dann sagt er:
„Schau: dem Michi schmeckt die Schwammlesauce und dem Lois schmeckt sie nit. Der Lois geht gern in die Berg und die Michi ieberhaupt nit. Dem Lenerle tuat der Fliegenpilz guat und ins ieberhaupt nit. Sisch halt nit olles fier olle gleich.“
An diesem Abend können Michi und Michi lange nicht einschlafen. Frühmorgens - noch vor dem Frühstück - laufen sie in den Stall und schauen nach, ob es dem Lenerle wirklich noch gut geht und der Fuchsbauer Recht gehabt hat. Ja, und da kommt ihnen tatsächlich das Lenerle putzmunter und kerngesund entgegengesprungen und stupst sie mit dem Schnäuzchen an.
„Eigentlich“, sagt Michis Papa beim Frühstück zum Papa Michis, „eigentlich ist es fein, dass nicht alles

für alle gleich ist."
„Was gibt´ s denn heute zum Mittagessen?" fragt der Papa Michis. „Rindfleisch mit Spinat," antwortet Michis Papa, und da sagt Michi: „Ich mag nicht Rindfleisch mit Spinat."
„Aber Spinat ist doch gut", protestiert Michis Mama.
„Für euch schon", gibt Michi zurück und zieht ihr Näschen kraus, „aber für mich nicht. Ich mag lieber Würstel."
„Ich auch", ruft Michi. Die Großen sehen einander groß an, dann müssen sie lachen.
„Na gut, also Würstel für Michi und Michi", sagt Michis Mama.

Der erste Schultag

Im Herbst gehen Michi und Michi also nicht mehr in die Kindergruppe Kunterbunt. Im Herbst beginnt die Schule. Michi freut sich darauf. Er hofft, daß er in der Schule so gut Lesen und Schreiben lernen wird, dass er sich seine Bücher selber vorlesen und seine Briefe an das Christkind selber schreiben kann. Außerdem ist neben der Schule ein Fußballplatz und da wird Michi endlich in einer ganzen Mannschaft spielen, anstatt bloß im Garten mit seinem Papa und dem Papa Michis und Bülent aus dem Nachbarhaus. Michi muss immer mit seinem Papa zusammenspielen, und weil sein Papa nicht so gut spielt wie Michis Papa, verlieren Michi und sein Papa immer gegen Michis Papa und Bülent.
Michi freut sich nicht auf die Schule. Sie will nicht jeden Morgen so früh aufstehen. Lesen und Schreiben kann sie schon recht gut. Das hat sie bei ihrem Papa und ihrer Mama gelernt. Außerdem will Michi da sein, wenn das Baby kommt. Sie hat Angst, es zu versäumen, wenn sie in der Schule sitzen muss.
Am ersten Schultag gehen Michi und Michi gemeinsam mit ihren Eltern zur Schule. Ins Klassenzimmer müssen sie aber allein hineingehen. Ihre Frau Lehrerin

wünscht es so, im Gegensatz zu der Lehrerin der anderen ersten Klasse. Das Klassenzimmer riecht komisch, nach Seife und Schmieröl. Von den anderen Kindern kennen Michi und Michi nur Özgül und Benno, weil die mit ihnen in der Kindergruppe Kunterbunt zusammenwaren.

Die Lehrerin heißt Ruth Stumm. Sie ist aber ziemlich laut. Angesichts des Durcheinanders und Geschreis, das die Kinder erzeugen, gibt sie eine Probe ihrer Kreischkraft.

„Ruhe! Ruuuhe, Kinder, Ruuuhe, Ruuuhuuhe! Schön hinsetzen und mucksmäuschenstill sein! So geht das nicht, Kinder! Ruuuhe, Ruuuuhe, Ruuuuuhe!“

Selber schuld, denkt Michi, warum hat sie nicht die Mamas und Papas mit ins Klassenzimmer kommen lassen? So wie die andere Lehrerin? Die andere Lehrerin ist jung, blond und lieb, denkt Michi, und die unsere ist alt, grau und grantig. Und ihre Stimme klingt wie eine Trillerpfeife. Michi schubst Michi mit dem Ellbogen. „Wie gefällt dir die?“ flüstert sie. „Schreckschraube“, flüstert Michi zurück. Michi muss kichern.

„Ruuuuuhe, Kinder, Ruuuuuhe“, schrillt die Trillerpfeife, „auch iiiiihr zwei! Und jetzt stellen wir uns schön vor. Und es redet nur das Kind, das an der Reihe ist, und die anderen sind mucksmäuschenstill!"

Die Schreckschraube tritt an ein Mädchen in der ersten Reihe heran. Sie fährt ihren Arm aus und zeigt mit dem Zeigefinger auf das Mädchen. „Du", schrillt sie, „wie heißt du?"

„Mamama...Manuela", stottert das verschreckte Kind.

„Kein Grund zur Aufregung", schrillt die Schreckschraube, „wo wohnst du?"

„Ich...ich...ich..." Jetzt beginnt das Mädchen zu weinen. Es entsteht Unruhe, die von Ruth Stumm niedergeschrillt wird.

„Ich werde jetzt eure Namen vorlesen, und jedes Kind, das ich nenne, steht auf und sagt: das bin ich. Also: Amann Kevin!"

Ein rothaariges Dickerl mit Igelfrisur erhebt sich von seinem Sessel: „Das bin ich."

„Und wo wohnst du?"

„In Michelstadt."

„Ruhe, Kinder!" schrillt Ruth Stumm, „da gibt es nichts zu kichern."

Von Breinbauer Nicole über Czernetz Patrick, Djordjevic Davor und Füruzan Dilek bis Rios Isabel

geht alles gut. Dann ruft Ruth Stumm: „Singh Dhiraj!"
Sie spricht es ähnlich wie „Tierei" aus. Niemand meldet sich.
„Sing Tierei, wo bist du?" ertönt es nun schon schriller, „Singh, Singh, wo ist Singh?"
Jetzt hat der Bub dieses Namens begriffen, dass er gemeint ist: ein kleiner Inder mit großen schwarzen Augen.
„Singh Diratsch", sagt er mit einer Verbeugung, „ich heiße Singh Diratsch."
„Und wo wohnst du?"
Der kleine Inder sagt – freundlich lächelnd – etwas, das niemand versteht. Offenbar kann er nicht deutsch. Er muss es erst lernen. Vorderhand darf er sich setzen und den Mund halten.
Auf die Namen Turek Michaela und Wegscheider Michael warten Michi und Michi vergebens.
„Wir sind nicht gerufen worden!" ruft Michi.
„Nicht herausschreien!" schreit Ruth Stumm, „das werden wir gleich überprüfen."
„Turek Michaela und Wegscheider Michael", sagen Michi und Michi gleichzeitig. Es klingt so ähnlich wie Tuckscheikichela.
„Nicht beide zugleich sprechen!" schrillt die Schreck-

schraube. Sie rückt ihre Brille zurecht und liest ihre Liste von oben nach unten und von unten nach oben.

„Wegscheider Michael, Turek Michaela. Das ist Reformpädagogik. Ihr gehört hinüber in die 1B."
„Juchu!" entfährt es Michi und Michi gleichzeitig. Das bringt ihnen einen bösen Blick der Schreckschraube ein. Den letzten. Ab sofort ist die junge, blonde, liebe Lehrerin von gegenüber ihre Lehrerin. Vor der Schule warten die Papas, die Mamas und die Opapas auf sie, und beide – Michi und Michi –

bekommen ein großes Stannitzel voller Schokoladebonbons und gehen mit ihren Eltern und Opapas Eis essen. Und als die beiden Opapas wie aus einem Mund fragen „Na, wie gefällt es euch in der Schule?“, da rufen Michi und Michi wie aus einem Mund: „Guuuuut!“ Michi schleckt über ihr Eis und sagt: „Die Schreckschraube sind wir nämlich los!“

Doktor Hirsch und die Kritzeleien

Der Oktober ist schön gewesen. Oft ist Michis Omama im Garten gesessen und hat für das Baby Strampelhöschen gestrickt und Socken gehäkelt. Michi und Michi haben in der Herbstsonne gespielt, Kastanien gesammelt und daraus mithilfe von Bohrern und Zahnstochern Kastanienkühe, Kastanienrehe und Kastanieneichhörnchen gebastelt. Im November fallen die Nebel ein, und mit einem Mal wird es empfindlich kalt. Anfang Dezember bekommt Michi einen Husten und einen Schnupfen und ganz, ganz hohes Fieber. Er muss das Bett hüten, und seine Mama macht sich große Sorgen um ihn. „Neununddreißig neun! Wir müssen einen Arzt holen!"

Da die Frau Doktor Waltraud eigentlich eine Ärztin für Große und außerdem bei einer Ärztetagung im Ausland ist, holt Michis Mama Doktor Hirsch, den Kinderarzt. Doktor Hirsch ist ein unglaublich zerstreuter Professor. Oft vergisst er, das Stethoskop aus den Ohren zu nehmen und geht dann – das Stethoskop in den Ohren – auf der Straße herum. Das Stethoskop ist das Ding, mit dem einem der Herr Doktor auf der Brust umhertapst, um das Herz beim Schlagen und die Lunge beim Atmen zu belauschen. Manchmal steckt einem der Herr Doktor Hirsch statt des Fiebermessers seinen Kugelschreiber unter die Achsel oder sagt „Herzlichen Glückwunsch“ statt „Baldige Besserung“. Michi und Michi haben den Herrn Doktor Hirsch sehr gern. In seinem Wartezimmer gibt es Bilderbücher, ein Handpuppentheater, einen Baukasten und eine elektrische Eisenbahn, und mit allem darf man spielen. Da vergeht die Zeit ganz schnell, bis der Herr Doktor Hirsch die Tür öffnet und „Der Nächste, bitte“ ruft. Manchmal, wenn er sehr zerstreut ist, ruft er auch „Nein, danke, wir kaufen nichts“ oder „Grüßgott, Herr Briefträger“.

Der Herr Doktor Hirsch kommt also am Nachmittag ins Haus in der Michelgasse, und als er die Wohnung betritt, sagt er „Frohes Fest“ statt „Guten Tag“. Nach dem Fiebermessen will er Michi eine Spritze in den Popo geben und bittet ihn: „Sag AAAA!“ Das Stethoskop lässt er in den gläsernen Nachttopf fallen, der dabei in Scherben geht, und dann schreibt Herr Doktor Hirsch für Michi ein Rezept. Währenddessen plaudert er über Weihnachten, und vor lauter Zerstreutheit kritzelt er Weihnachtsengel und Christbäume auf den Rezept-

zettel. Weil sie schon ein großes und kluges Mädchen ist und sich die Apotheke gleich nebenan in der Michelgasse befindet, darf Michi ganz allein die Medizin für Michi holen gehen. Als der Herr Magister Kräutel die Kritzeleien sieht, staunt er nicht schlecht und sagt vorwurfsvoll:
„Das darf man aber nicht tun, Rezepte bekritzeln. Michi, Michi! Du bist doch schon ein großes Mädchen! Was hast du dir dabei gedacht?"
„Das hab nicht ich gemacht, das war der Herr Doktor Hirsch", verteidigt sich Michi. Das aber will der Herr Magister Kräutel nicht glauben. Einige Tage darauf geht Michi mit ihrem Papa zu Herrn Doktor Hirsch, weil sie eine Schluckimpfung braucht. Herr Doktor Hirsch begrüßt Michi und ihren Papa mit „Guten Morgen", obwohl es bereits Abend ist, und als er Michi ein Stück Würfelzucker mit einem Tropfen Impfsaft verabreicht, sagt er: „Vergiss nicht, gut umzurühren."
Michi fragt den Herrn Doktor Hirsch, ob auch das Christkind Schluckimpfungen bekommt, was geschieht, wenn das Christkind zu Weihnachten Fieber hat, und ähnliches. Der Herr Doktor Hirsch beginnt über das Christkind und über Weihnachten zu reden, und dabei kritzelt er prompt Tannen-

bäume, Glaskugeln und Kerzen auf einen Rezeptzettel für Michi, dem es übrigens schon besser geht. „Darf ich das angekritzelte Rezept dem Herrn Magister Kräutel mitbringen?“ fragt Michi.
Da wird der Herr Doktor Hirsch ein wenig verlegen. „Warum bin ich auch nur so zerstreut“, seufzt er. „Der Herr Magister Kräutel glaubt nämlich, daß ICH die Rezepte bekritzle“, sagt Michi.
„Na, da werden wir ihm natürlich sofort eine Injektion geben“, erklärt der Herr Doktor Hirsch zerstreut. Dann schreibt er auf das Rezept: Das habe ICH gezeichnet, ich, der Herr Doktor Willibald Hirsch, und nicht meine Patientin, die kleine Michi. Herzliche Grüße und Fröhliche Ostern, Willibald Hirsch, Doktor der gesamten Weihnachtskunde.
„Damit läufst du gleich zu Herrn Magister Kräutel und zeigst ihm die Zunge“, sagt der Herr Doktor Hirsch, „und ich werde ihn auch noch am Telephon abhören.“
Doktor Hirsch greift gleich zum Hörer, wählt zuerst die Nummer des Kindertheaters Hudribusch, dann aber doch diejenige von Magister Kräutels Apotheke: „Gleich kommt die kleine Michi mit einer Rezeptkritzelei von mir, Doktor Hirsch“, sagt Doktor Hirsch am Telephon zu Herrn Magister Kräutel,

„das nehmen Sie dreimal täglich vor dem Aufwachen. Und fröhliches Frühstück noch.“
Als Michi fünf Minuten später dem Herrn Magister Kräutel das Rezept überreicht, entschuldigt er sich bei Michi und schenkt ihr eine Packung Vitaminzuckerln. Und als Michi eine Woche später wieder zu Herrn Doktor Hirsch kommt, verspricht dieser: „Ich werde nun immer alle Rezepte fleißig bekritzeln“. Michi weiß nicht, ob der Herr Doktor Hirsch das ernst meint oder ob er nur wieder einmal total zerstreut ist.
Wenn Doktor Hirsch auch noch so ein zerstreuter Professor ist: die Medizin, die er Michi verschrieben hat, wirkt. Michi ist wieder gesund und guter Dinge. Und weil er so brav seine Medizin genommen hat, schenkt ihm Doktor Hirsch ein Tischkegelspiel aus buntem Glas. Michi schreibt mit seinem Papa zusammen das Zerstreutheitslied. Das Zerstreutheitslied ist natürlich dem Herrn Doktor Hirsch gewidmet:

Heut, da bin ich zerstreut, mein Kopf will mir verholzen.
Heut, da hat´s mich geschneit und gleich wieder geschmolzen.

Ich hab meinen Kater ins Schwimmbad gebracht,
dem Kanari hab ich eine Suppe gemacht,
beim Doktor statt A habe B ich gesagt,
und zu Mittag am Knochen vom Hofhund genagt.

Heut, da bin ich zerstreut, mein Kopf will mir verholzen,
heut, da hat´s mich geschneit und gleich wieder geschmolzen.
Mit Schuhpasta hab ich die Zähne geputzt
als Brotaufstrich hab ich Zahnpasta benutzt,
ich bin statt zur Arbeit ins Kino gegangen
und hab mit dem Staubsauger Fische gefangen.

Heut, da bin ich zerstreut, mein Kopf will mir verholzen.
Heut, da hat´s mich geschneit und gleich wieder geschmolzen.
Ich hab meine Schuhe ins Backrohr gesteckt,
den Kaffee mir versalzen, das hat blöd geschmeckt.
meine Brille, die ist mir im Kühlschrank erfroren,
ich glaub, ich hab heut auf der Welt nichts verloren.

Heut, da bin ich zerstreut, mein Kopf will mir verholzen,
heut, da hat´s mich geschneit und gleich wieder geschmolzen.
Ich hab all mein Geld mit der Post aufgegeben,
ich bin nicht bei mir, sondern völlig daneben,
und ich gehe in mich und bin gleich außer mir,
und ich weiß schon warum: du bist heut nicht bei mir.

Das Baby kommt

Und dann kommt das Baby, das eigentlich erst im Jänner kommen sollte, schon im Dezember, zehn Tage vor Weihnachten. Michis Omama holt Michi und Michi von der Schule ab, und sagt zu Michi: „Die Mama hat ins Spital fahren müssen, weil das Baby kommt."

Natürlich hat Michi gewusst, daß Mama ins Spital gehen muss, wenn das Baby kommt, aber jetzt ist ihr das Ganze doch nicht recht geheuer.

„Warum kommt das Baby jetzt schon?" fragt sie die Omama beim Mittagessen.

„Weil es dem Baby im Bauch von der Mama schon zu eng ist", antwortet die Omama.

„Warum?"

„Weil es im Bauch von der Mama so viele gute Sachen zu essen bekommen hat."

„Welche Sachen denn?"

„Mutterkuchen mit Fruchtwasser", sagt die Omama, „das kriegen nur Babys im Mamabauch."

„Warst du auch einmal ein Baby, Omama?"

„Ja, Michi."

„War Mama auch einmal ein Baby?"

„Ja, und auch Opapa und Papa und Michis Mama

und Michis Papa waren einmal Babys. Jeder Mensch ist am Anfang ein Baby."
„Und wie ist das Baby in den Bauch von Michis Mama hineingekommen?" fragt Michi, der bis jetzt geschwiegen hat.
„Das versteht ihr noch nicht", sagt Michis Omama, und auch Michis Omama und die beiden Opapas behaupten, dass Michi und Michi das noch nicht verstehen. Darüber ärgert sich Michi. Sie findet, dass es gemein ist, wenn einem niemand erklärt, was man nicht versteht. Also fragen Michi und Michi Michis Papa, als der am Nachmittag nach Hause kommt. Michis Papa denkt eine Weile nach, dann räuspert er sich und sagt:
„Also, wenn ein Mann und eine Frau einander sehr lieb haben, dann umarmen sie sich, sodass sie beinahe wie ein einziger Mensch sind, und dabei kommt das Schwanzerl vom Mann in die Scheide der Frau und tut Samen hinein, so, wie man im Garten Gras- oder Blumensamen in die Erde tut. Und die Frau hat ein kleines Ei im Bauch, und wenn alles gut geht, dann kommt der Samen aus dem Schwanzerl in das Ei hinein, und dann fängt das Ei im Bauch zu wachsen an und wird ein Baby. Und wenn es dem Baby im Bauch zu eng wird, dann

kommt es heraus."
„Und wenn der Schwanzerlsamen nicht ins Ei hineinkommt?" fragt Michi.
„Dann gibt´ s kein Baby", antwortet sein Papa, „das muss man halt immer wieder probieren, bis es einmal funktioniert."
Am Abend darf Michi ins Krankenhaus zu ihrer Mama. Das Baby ist nämlich schon aus dem Bauch herausgeschlüpft, und Michis Papa, der Herr Doktor und die Frau Hebamme haben ihm dabei geholfen. Das Baby ist ein Bub und heißt Matthias. Es liegt bei der Mama im Bett und trinkt Mamamilch aus der Mamabrust. Es hat blaue Augen und keinen einzigen Zahn im Mund. Als es Michi sieht, runzelt es die Stirn. Überhaupt schaut es ein bisschen verknittert aus. Michi darf das Matthiasbaby ganz vorsichtig in die Arme nehmen und halten. Dabei muss sie aufpassen, daß der Matthiasbabykopf schön auf ihrem linken Arm aufliegt und nicht nach hinten kippt. Ganz kleine Babys können noch nicht selber den Kopf gerade halten. Das Matthiasbaby ist ungefähr so groß wie Michis Puppe Anastasia. Michi will es gar nicht mehr hergeben.
„Weihnachten darf Matthias schon mit uns allen zu Hause feiern", sagt Michis Papa und gibt der

Mama einen Kuss, „und wir beide werden es ihm zu Hause so richtig gemütlich machen, gelt, Michi?“ Michi nickt. Als sie mit ihrem Papa Hand in Hand nach Hause geht, kommt es ihr fast so vor, als ob Matthias IHR Baby und sie schon eine Mama ist.

Die Raunacht

Seit das Matthiasbaby auf der Welt ist, hat Michi wenig Zeit für Michi. Jeden Tag fährt sie nach der Schule mit ihrem Papa ins Spital, und erst am Abend kommt sie nach Hause und dann macht sie schnell ihre Hausübungen und hat erst recht keine Zeit. Naja, zu Weihnachten soll das Baby ja nach Hause kommen. Vielleicht kann man dann mit Michi wieder mehr anfangen. Jedenfalls fühlt sich Michi in den Tagen vor Weihnachten ein bisschen einsam.

„Jetzt kommen die Raunächte", sagt seine Omama, „in den Raunächten können alle Tiere sprechen. Ja, Kuh, Rabe, Esel, Eichhörnchen: alle sprechen mit menschlichen Stimmen, in den Raunächten."

Michi findet das wunderbar. Er wird mit dem einen Eichhörnchen sprechen, das noch immer im Badezimmerfenster wohnt, und mit Cäsar und Cleopatra, den beiden Katzen. „Wann sind die Raunächte?" fragt er.

„Wenn das Christkind mit seinem Schlitten voller Weihnachtsgeschenke durch den Wald zieht", antwortet die Omama.

Da gibt es nun freilich ein Problem: der Papa hat

Michi nämlich erklärt, daß es zwar ein Christkind gibt, aber dass es das Christkind nicht SO gibt, wie man es den kleinen Kindern erzählt, sondern dass das mit dem Christkind eine Geschichte ist, eine schöne Geschichte zwar, aber dass in Wirklichkeit natürlich kein Christkind durch die Luft fliegt oder mit dem Schlitten durch den Wald fährt und den Kindern Geschenke bringt. Die Geschenke, die bringen schon die Papas, die Mamas, die Omamas und die Opapas. Entweder hat der Papa geschwindelt oder die Omama. Oder die Omama hält Michi noch für ein kleines Baby, dem man Geschichten vom Christkind erzählt, das es eben nicht SO gibt, wie man es den kleinen Babys erzählt. Michi beschließt, der Sache auf den Grund zu gehen. Am letzten Tag vor dem Heiligen Abend schneit es in ganz dicken Flocken. Michi sagt, dass er Frau Doktor Waltraud und Hanni und Hannis Katzen und Schildkröten besuchen und mit ihnen sprechen will. Er darf allein zu Frau Doktor Waltraud hinübergehen. Er geht aber nicht hinüber, sondern die Treppe hinunter und aus dem Haus in der Michelgasse hinaus. Es schneit jetzt so dicht und ist bereits so dunkel, dass man kaum die Hände vor den Augen sieht. In der Wackeltram wundern sich einige Leute, dass so ein kleiner Bub allein mit der Wackeltram fahren darf, jetzt, wo es schon finster ist, und im Schnaufebus fragt eine alte Dame: „Wohin fährst denn du so ganz allein?" Und da steigt Michi eine Haltestelle früher aus, damit er nicht antworten muss. Er stapft die Straße zum Michelberg hinauf, und bald ist die Straße zuende: nur ein schmaler Weg führt in den Michelwald hinein. Michi nimmt all seinen Mut zusammen und stapft durch den Schnee ein Stück hinein in die Finsternis zwischen den Schneebäumen. Weit und breit ist kein Christkind zu sehen, und auch kein Tier, das mit menschlicher Stimme spricht. Die Kälte kriecht Michi unter die Kleider, seine Zähne klappern aufeinander und er ist müde, müde, müde, und überhaupt nicht mehr glücklich über seine Idee, das Christkind suchen zu gehen. Michi setzt sich auf einen Baumstumpf. Die Schneeflocken fallen, fallen und fallen. Michi ist müde, müde, müde.

Plötzlich sieht Michi Licht, hört Stimmen – und richtig: da kommt doch tatsächlich das Christkind auf einem Schlitten angefahren, den vier Rehe ziehen und dem ein großer Schäferhund voranläuft. Neben dem Christkind sitzt der Weihnachtsmann und plötzlich ist Michi das Christkind und der

Weihnachtsmann sitzt neben ihm und es geht auf dem Schlitten durch den Schneewald dahin.
„Frohe Weihnachten, Michi!“ rufen die Rehe.
„Michi, du gehörst ins Bett!“ knurrt der Schäferhund.
Der Weihnachtsmann aber zieht seinen Mantel aus und legt ihn Michi um die Schultern, und weiter geht es durch den Wald, auf die Lichter von Michelstadt zu.
Als Michi aufwacht, ist es Tag. Er liegt in seinem Bett und ist so erkältet, dass er kein lautes Wort herausbringt. Mama, Papa, Omama, Opapa, Doktor Hirsch und Michi mit dem Matthiasbaby sind da und umstehen das Bett Michis, und da ist noch ein großer, fremder Mann mit einem dichten, weißen Bart.
„Na also“, brummt er, „dem kleinen Ausreißer geht es ja Gott sei Dank recht gut.“
„Das ist nämlich der Herr Oberförster“, sagt Michis Papa, „zum Glück war der noch so spät am Abend im Wald unterwegs und hat dich auf deinem Baumstumpf gefunden, Michi.“
„Ansonsten wärst du erfroren“, sagt Mama und muss dabei ein bisschen weinen.
„Na, bei soviel Glück hat garantiert der Osterhase

mitgeholfen“, sagt Doktor Hirsch zerstreut, „du musst übrigens dreimal täglich deine Medizin unter den Christbaum legen.“

Michi weiß nicht, ob seine Wangen vom Fieber so heiß sind, oder weil er sich schämt. „Ich versprech euch, daß ich nie wieder allein davonlaufe“, sagt er leise.

Das Matthiasbaby quiekt fröhlich und zupft Michi an der Nase.

Michi weiß jetzt, dass es das Christkind wirklich gibt, wenn auch vielleicht nicht so, wie man es den kleinen Babys erzählt. Aber es gibt das Christkind. WIE es es gibt, das ist ja schließlich nicht so wichtig.

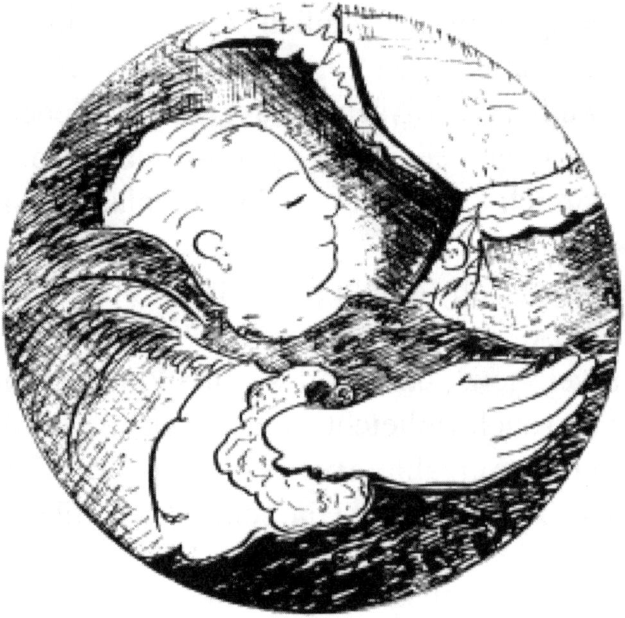

Inhalt